Quand les créateurs inspirent les créateurs.
Comment étaient Pablo Picasso, **Paul Gauguin**,
Frida Kahlo et compagnie lorsqu'ils étaient
petits? C'est la question que s'est posée
Marie-Danielle Croteau, auteure bien connue de
littérature jeunesse. Ainsi est née dans sa tête
la collection Au pays des grands. À partir
d'éléments biographiques et artistiques,
écrivain et illustrateur imaginent en toute
liberté l'enfance des grands de l'histoire de l'art.

Au pays des grands

le cœur de monsieur Gauguin

un conte de
Marie-Danielle Croteau

illustré par
Isabelle Arsenault

Les 400 coups

I

    Dans un pays lointain vivait, au siècle dernier, un petit garçon nommé Paul Gauguin. Il avait des parents qu'il adorait, une sœur, Marie, qu'il aimait aussi mais avec qui il se chamaillait tout le temps, et il avait un chien. Un chien que personne, à part lui, ne voyait. Un animal étrange, un petit chien orange, que Paul emmenait partout. Il lui parlait, le caressait, et, grâce à lui, il ne s'ennuyait jamais.

II

Un jour, les Gauguin décidèrent de quitter le Danemark pour aller vivre au Pérou. Il s'agissait d'un très long voyage, qu'on effectuait en bateau, car en ce temps-là les avions n'existaient pas. Heureusement pour Paul, son ami secret le gardait fort occupé. Il se glissait sous les chaises des passagers et mordillait leurs souliers, ou se faufilait dans les cuisines et volait des saucissons. Quand le petit chien était trop vilain, Paul l'attrapait et l'emportait dans sa cabine, où il jouait avec ses toupies, feuilletait un livre ou gribouillait quelques dessins. Puis l'envie de bouger démangeait de nouveau le petit garçon, qui, sous prétexte d'aller promener son chien, retournait sur le pont.

III

Les passagers du bateau souriaient de voir cet enfant si attaché à un chien qui n'existait pas. Jamais ils ne pensaient que Paul était fou ou égaré. Ils pensaient simplement qu'il jouait bien, qu'il jouait beaucoup, et, parfois, ils faisaient semblant d'apercevoir eux aussi le petit chien orange. Ils lui offraient alors des biscuits, qui restaient là, entiers, sur le tapis.

IV

Un après-midi, au cours de la traversée, Paul trouva sa maman en pleurs. Celle-ci expliqua au petit garçon et à sa sœur que leur papa avait été emporté.

— Comment ? s'écrièrent les enfants.

— Par son cœur, répondit madame Gauguin.

Marie se jeta dans les bras de sa mère en hurlant. Paul ne dit rien. Il ignorait ce que tout cela signifiait. Il ne comprenait pas en quoi le fait d'être emporté par son cœur constituait un si grand malheur. Il alla se réfugier sur le pont, avec son chien, et fixa l'horizon. Soudain, il vit un énorme ballon rouge qui flottait au loin. Et ce ballon était tenu par son père.

Les passagers s'exclamaient :

— Comme il est beau, le soleil !

Mais Paul savait, lui, que ce soleil-là, c'était le cœur de son papa.

V

Paul courut retrouver sa mère. Il voulut la consoler en lui expliquant que monsieur Gauguin n'était pas perdu, qu'il voyageait dans le ciel. Il l'avait vu, entraîné dans le vent par son cœur qui était si grand.

Madame Gauguin l'enveloppa de ses bras et le serra. Elle ne savait pas comment lui expliquer la mort, alors elle se tut. Elle prit la main que lui tendait son petit garçon, puis le suivit avec Marie. Paul les conduisit à l'étrave du bateau. Il avait découvert cet endroit un jour où il poursuivait son chien. C'était son lieu préféré parce que, devant, il y avait toute la mer à venir. À l'arrière, la mer était déjà passée. Quand le soleil glissa dans l'océan, Paul dit:

— Demain, il reviendra.

Sa maman, se demandant s'il parlait du soleil ou de son papa, se mit de nouveau à pleurer.

VI

Le lendemain et les jours suivants, madame Gauguin et Marie pleurèrent beaucoup. Paul, non. Il attendait son papa. Il passait ses journées à l'étrave du bateau, avec son chien orange que personne ne voyait, et il guettait le soleil. Les gens étaient tristes pour ce petit garçon et certains venaient prendre des nouvelles de son chien, mais personne n'apportait des biscuits. Comme si le temps de jouer était fini à tout jamais.

VII

Quand le bateau accosta au Pérou, Paul refusa de descendre. Un vieux monsieur vint alors le prendre par la main et lui conseilla d'appeler son chien.

— Il a besoin de courir ! lui assura-t-il. Et toi aussi !

Et il l'entraîna sur les quais, suivi de loin par Marie et madame Gauguin.

Paul eut envie de lui crier que ce n'était pas vrai, qu'il n'avait pas et n'avait jamais eu de chien, mais le vieil homme semblait y croire vraiment. Paul ne voulut pas le décevoir, il avait l'air si gentil !

À l'entrée d'un grand parc, le monsieur s'arrêta et dit :

— Demain matin, je t'attendrai ici à huit heures. Ne sois pas en retard ! Et n'oublie pas ton chien !

VIII

Paul se tourna vers sa mère, qui s'était rapprochée. Elle approuva d'un signe de la tête, salua le monsieur et poursuivit son chemin.

Le lendemain, elle emmena son petit garçon à son rendez-vous. Avant de le laisser, elle lui remit un panier et déposa un baiser sur sa joue. Puis elle s'en retourna auprès de Marie, qui l'attendait dans leur nouvelle maison.

Le vieux monsieur était posté près de l'étang. Il avait dressé un chevalet et il peignait. Paul s'en approcha silencieusement, pour ne pas le déranger, et s'assit sur un banc.

IX

Le monsieur ne semblait pas l'avoir entendu. Il continua à travailler pendant au moins une demi-heure sans s'occuper de lui. Paul commençait à s'agiter quand l'homme, sans même se retourner, lui dit :

— À ton tour, maintenant. Fais-moi le portrait de ton chien.

— Mais, protesta Paul, je n'ai rien pour peindre, moi ! Ni couleurs, ni pinceaux, ni tablier. Rien de rien !

— Regarde dans ton panier, répondit le vieil homme.

X

Surpris, Paul regarda dans son panier. Et là où il avait pensé trouver un goûter, il y avait tout ce qu'il faut pour peindre ou dessiner. Mais il y avait aussi à manger et le petit garçon offrit une orange à son nouveau compagnon.

— Tiens, remarqua le vieil homme, voici la couleur de ton chien.

Sur sa palette, il mélangea du rouge et du jaune.

— La peinture, dit-il, c'est de la magie. On peut tout faire à partir de presque rien.

Le petit garçon le regarda droit dans les yeux.

— Même donner la vie ?

— Oui, on peut faire naître, confirma le vieux monsieur. Ou prolonger la vie.

Il prit un pinceau et traça une orange sur la toile blanche. Puis il pela son fruit et le mangea.

— Tu vois, je n'ai plus d'orange, et pourtant, si. J'ai encore celle-ci.

Il céda sa place devant le chevalet.

— À toi, maintenant. Dessine-moi ton chien !

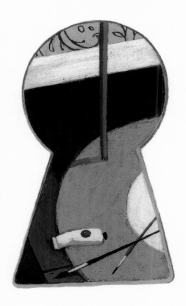

XI

Lorsqu'il rentra chez lui, Paul s'enferma dans sa chambre.

— Que fais-tu ? lui demanda sa mère, vaguement inquiète.

— De la magie ! répondit le petit garçon.

À travers la porte, elle l'entendit remuer des objets. Puis tout redevint silencieux.

Au bout d'un moment, n'y tenant plus, elle frappa à la porte.

— Un instant ! cria Paul. J'ai presque fini…

Quelques minutes plus tard, il alla ouvrir à sa mère.

Sur un chevalet improvisé était posé un tableau. On pouvait y voir un grand cercle rouge au-dessus de l'océan, qui ressemblait comme deux gouttes d'eau à un soleil couchant.

XII

Le visage de madame Gauguin s'illumina. En voyant le sourire de sa maman, Paul sut qu'il voulait être magicien.

Beaucoup de gens vinrent rendre visite aux Gauguin au Pérou. Ils admiraient le tableau du petit garçon. Comme ils ne connaissaient rien aux affaires de cœur, ils y voyaient le drapeau du Japon. Curieux…

Plus tard, Paul devint un très grand peintre, et on dit justement que son art ressemble à celui de ce pays. Mais ce que tout le monde ignore, à part toi, maintenant, et madame Gauguin, autrefois, c'est que le soleil rouge, sur le tableau du petit garçon, ce n'était pas le drapeau d'un État lointain. C'était le cœur de monsieur Gauguin.

Nous remercions le Conseil des
Arts du Canada de l'aide accordée
à notre programme de publication
et la SODEC pour son appui
financier en vertu du Programme
d'aide aux entreprises du livre
et de l'édition spécialisée.

Nous reconnaissons l'aide financière
du gouvernement du Canada par
l'entremise du Programme d'aide
au développement de l'industrie
de l'édition (PADIÉ) pour nos
activités d'édition.

Le cœur de monsieur Gauguin
a été publié sous la direction
de Brigitte Bouchard.

Design de la collection : Lyne Lefebvre
Graphisme : Andrée Lauzon
Révision : Louise Chabalier
Correction : Anne-Marie Théorêt

Diffusion au Canada
Diffusion Dimedia inc.
539, boulevard Lebeau
Saint-Laurent (Québec)
H4N 1S2

Diffusion en Europe
Le Seuil

© 2004 Marie-Danielle Croteau,
Isabelle Arsenault et les
éditions Les 400 coups
Montréal (Québec) Canada

Dépôt légal – 4e trimestre 2004
Bibliothèque nationale du Québec
Bibliothèque nationale du Canada

ISBN 2-89540-183-7